Primera edición en inglés: 1993
Primera edición en español: 1995

Coordinador de la colección: Daniel Goldin
Traducción de Francisco Segovia

Título original: *The Sweetest Fig*
© 1993, Chris Van Allsburg
Publicado por Houghton Mifflin Co., Boston
ISBN 0-395-67346-1

D.R. © 1995, Fondo de Cultura Económica
Carr. Picacho Ajusco 227, México, 14200, D.F.

ISBN 968-16-4619-3

Impreso en Italia. Tiraje 10,000 ejemplares

El higo más dulce

CHRIS VAN ALLSBURG

LOS ESPECIALES DE
A la orilla del viento
FONDO DE CULTURA ECONÓMICA
MÉXICO

Monsieur Bibot, el dentista, era un hombre muy exigente. Tenía su pequeño departamento muy bien ordenado y limpio, lo mismo que su consultorio. Si su perro, Marcel, saltaba sobre los muebles, Bibot no dejaba de darle una lección. Excepto el día de la Revolución francesa, el pobre animal no podía ni ladrar.

Una mañana, Bibot encontró a una anciana que lo esperaba frente a la puerta de su consultorio. Tenía dolor de muelas y le rogó al dentista que la ayudara.

—¡Pero si no tiene cita! —dijo él.

La mujer dejó escapar un gemido. Bibot consultó su reloj. Tal vez tenía tiempo de ganarse unos cuantos francos más. La hizo pasar y le revisó la boca.

—Tendremos que sacarle la muela —dijo con una sonrisa y, una vez que hubo terminado, añadió—: Le daré unas píldoras para el dolor.

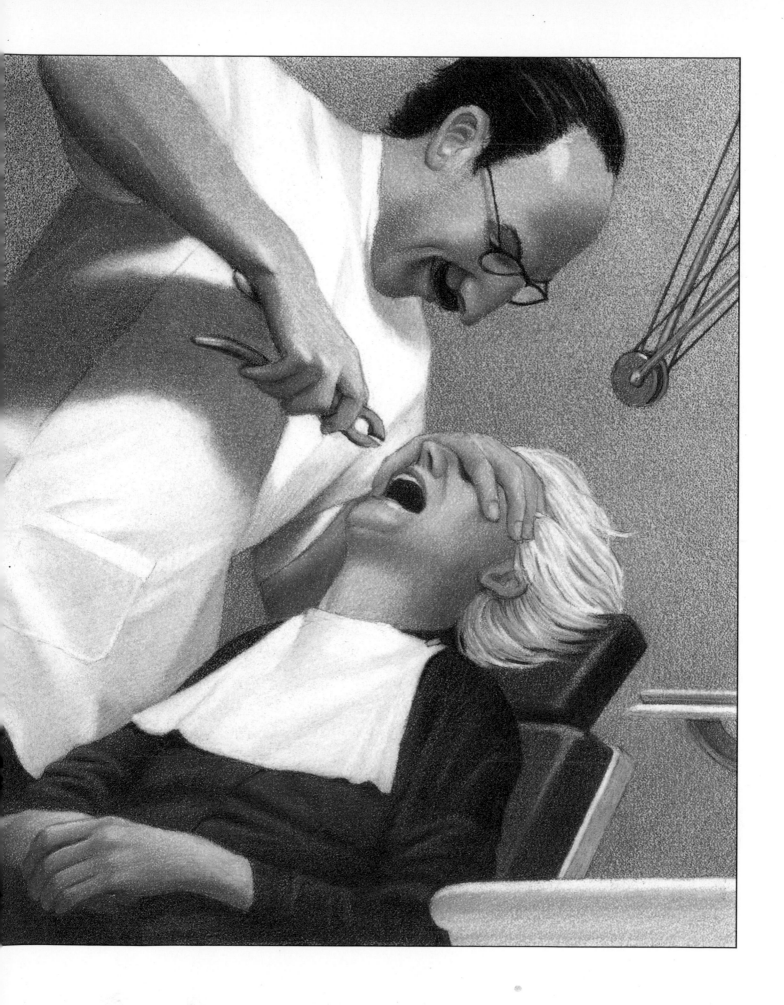

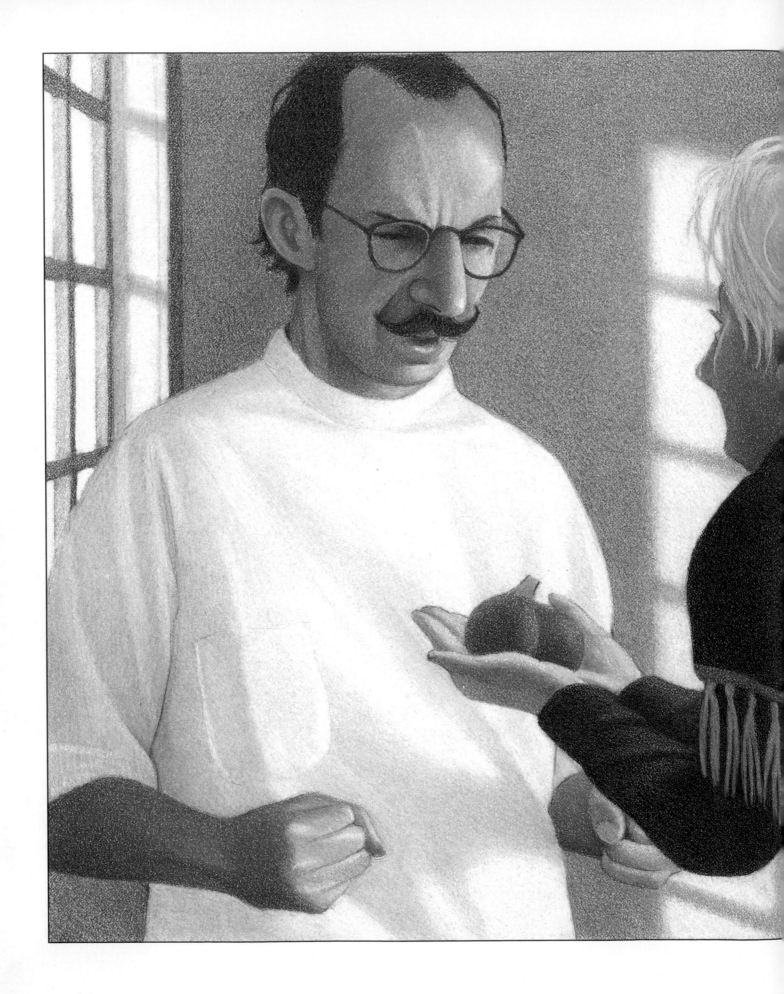

La anciana estaba muy agradecida:

—No puedo pagarle con dinero —dijo—, pero tengo algo mucho mejor. —Sacó un par de higos de su bolsillo y se los tendió a Bibot.

—¿Higos? —dijo él, enfadado.

—Estos higos son muy especiales —susurró la mujer—. Pueden hacer que sus sueños se hagan realidad. —Le guiñó un ojo y se llevó un dedo a los labios.

Para Bibot estaba claro que se trataba de una loca. Puso los higos sobre la mesa y tomó del brazo a la mujer. Cuando ella le recordó las píldoras, Bibot respondió: —Lo siento, ésas son sólo para los clientes que pagan —y la empujó hacia la puerta.

Esa tarde, Bibot sacó a su perro a pasear por el parque. Al pobre Marcel le encantaba olisquear los troncos de los árboles y entre los arbustos, pero cada vez que se detenía a hacerlo, Bibot le daba un fuerte tirón a su correa.

Antes de irse a la cama, el dentista decidió tomar un bocadillo. Se sentó en la mesa del comedor y se comió uno de los higos que le había dado la anciana. Estaba delicioso. Era tal vez el mejor higo, el más dulce, que se había comido jamás.

A la mañana siguiente, Bibot arrastró a Marcel escaleras abajo para el paseo matutino. Los escalones eran demasiado altos para las cortas patas del perro, pero a Bibot jamás se le hubiera ocurrido cargar a su mascota: odiaba que su hermoso traje azul se llenara de pelos blancos.

Mientras caminaba por la acera atestada, Bibot notó que la gente se le quedaba mirando.

"Admiran mi traje", pensó.

Pero cuando se vio reflejado en el ventanal de un café, se detuvo horrorizado. Sólo tenía puesta la ropa interior.

El dentista dio la vuelta y se metió corriendo a un callejón.

"*Sacré bleu* —pensó—, ¿qué ha pasado con mi ropa?"

Y entonces se acordó del sueño que había tenido la noche anterior: había soñado que estaba justo frente a ese mismo café, en ropa interior.

Pero algo más había pasado en su sueño, y Bibot se esforzaba por recordar qué. Marcel, acechando desde la sombra del callejón, comenzó a ladrar. El dentista alzó la vista y vio cómo el resto de su sueño se hacía realidad.

Nadie volteó a mirar a Bibot mientras éste corría de regreso a su casa en ropa interior. Todos los ojos de París estaban fijos en la Torre Eiffel, que se iba inclinando hacia abajo lentamente, como si fuera de goma.

Bibot comprendió que la anciana de los higos le había dicho la verdad, así que no iba a desperdiciar el segundo higo.

Durante las siguientes semanas, mientras se iniciaban las obras de reconstrucción de la Torre Eiffel, el dentista leyó docenas de libros sobre hipnotismo. Cada noche, antes de meterse a la cama, se miraba en el espejo y repetía, una y otra vez:

—Bibot es el hombre más rico del mundo, Bibot es el hombre más rico del mundo.

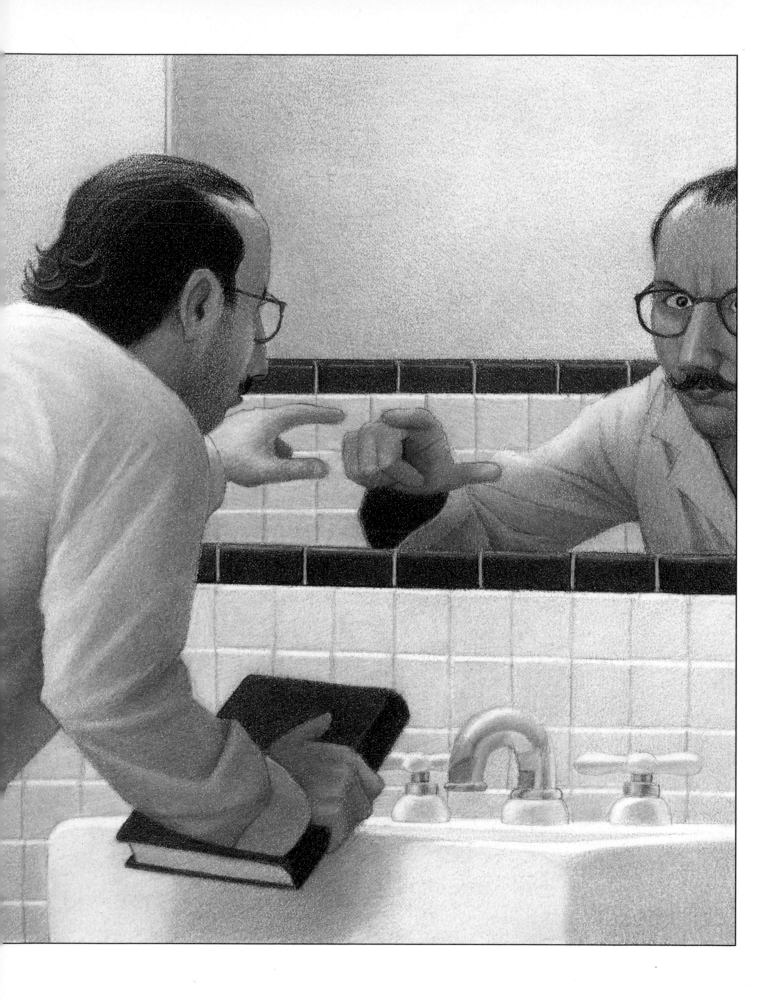

Y al poco tiempo, en sus sueños, Bibot era exactamente eso. Cuando dormía, el dentista se veía conduciendo su lancha de carreras, pilotando su avión y viviendo a todo lujo en la Riviera francesa. Noche tras noche era la misma historia.

Un día, al anochecer, Bibot tomó el segundo higo de la alacena. No podría durar para siempre.

"Esta noche, es la noche", pensó el dentista.

Puso el fruto maduro en un plato y se dirigió a la mesa. Al día siguiente, al despertar, sería el hombre más rico del mundo. Miró a Marcel y sonrió. El perrito no lo acompañaría en aquella vida, pues en sus sueños Bibot era dueño de media docena de gran daneses.

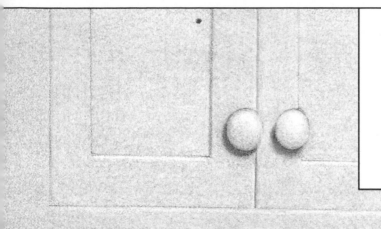

Mientras el dentista abría la alacena para sacar un poco de queso, escuchó un ruido como de porcelana que se rompe. Se volvió, pero sólo para ver cómo Marcel, trepado en una silla y apoyando las patas delanteras sobre la mesa, se comía el último higo.

¡Bibot estaba furioso! Persiguió al perro por todo el departamento. Cuando Marcel se metió debajo de la cama, Bibot le gritó:

—¡Mañana te enseñaré una lección que no olvidarás jamás! —Y luego, enojado y con el corazón destrozado, el dentista se fue a dormir.

Cuando despertó, a la mañana siguiente, Bibot se sintió muy confundido. No estaba en su cama. Estaba debajo de su cama. De repente, una cara apareció frente a él: ¡era su propia cara!

—Es hora de tu paseo —dijo la boca de aquel rostro—. Ven con Marcel.

Una mano se deslizó debajo de la cama y lo atrapó. Bibot quiso gritar, pero todo lo que pudo hacer fue ladrar.